봄 여름 가을 겨울

사계절 우리말 사전

봄 여름 가을 겨울

사계절 우리말 사전

신소영 글
소복이 그림
우리말가르침이 감수

가나다

봄, 여름, 가을, 겨울 말광에

'광'은 여러 물건을 넣어 두는 곳간을 말해요.
그러니까 '말광'은 말을 넣어 두는 곳간이에요.
여기, 사계절 말광에 순우리말을 넣었어요.

봄 말광엔 어떤 말들이 있을까요?
꽃샘잎샘에도 말들이 반짝일까요?
마음에 봄뜻을 가득 채워 볼까요?

여름 말광에선 말들이 잠방잠방 물놀이할까요?
우리도 너나들이하며 친구가 되어 볼까요?

가을 말광에선 말들도 어우렁더우렁 어울릴까요?
어려운 일도 깜냥깜냥 헤쳐 나가 볼까요?

겨울 말광에선 말들도 눈을 기다릴까요?
발등눈에 참새가 빠지지 않을까 걱정일까요?
갸륵한 마음들이 모여 겨울이 따듯해질까요?

순우리말.
우리의 삶 속에서 순수하게 우러나온 말이에요.
그래서 느낌이 풍부하고 아름다워요.

순우리말을 보석처럼 품고 있는 우리말.
생활 속에서 살려 쓰고, 글로도 표현해요.

우리말을 우리가 지켜요.
말을 지킨다는 것은 말의 따듯함을 창작한다는 것!

말과 글로 따듯함을 전하는 사람이 되었으면 합니다.
우리 모두.

- 신소영

아이와 손을 잡고 걸어요.
우리가 매일 하는 일이지만 가끔 기분이 이상할 때가 있어요.

아이가 자랄수록 이런 시간이 드물어지겠지.
그러다가 더 이상 손도 잡지 않겠지 하고 말입니다.

생각이 더 멀리 가기 전에 아이의 작은 손을 꼭 잡고 웃으며 말합니다.
"우리 솜병아리~."

봄, 여름, 가을, 겨울, 함께 나눌 사랑스러운 말이 넘쳐 나요.

– 소복이

말은 우리 조상들이 오랜 세월 동안 쓰고 다듬어 온 우리의 생각이고 삶이에요. 하지만 다른 나라에서 들어온 말과 쉽게 줄여 쓰는 말들로 우리말이 점점 사라져 가고 있지요. 이런 흐름 속에서 이 책은 지키고 간직해야 할 소중한 우리말을 되살리는 귀한 책입니다.

이 책의 첫 번째 좋은 점은 아이들의 삶과 관련 있는 말을 봄, 여름, 가을, 겨울 한 해의 흐름에 맞추어 소개한다는 점입니다. 자연이 깨어나고 잠드는 동안 우리가 느끼는 여러 모습을 낱말로 알 수 있도록 따뜻한 글과 그림과 함께 풀어내고 있습니다. 이런 짜임은 낱말을 단순히 알게 하는 것을 넘어서, 아이들이 우리말을 삶 속에서 자연스럽게 배울 수 있도록 도와줍니다.

두 번째로, 사라져 가는 말들에 숨을 불어넣는다는 점이지요. 쓰지 않아 잊혀 가는 말들을 다시 우리 곁으로 데려옵니다. 우리의 말은 우리의 넋과 얼을 담고 있는 그릇입니다. 이 책은 오랫동안 잊고 지냈던 낱말들을 되살려 우리 삶 속에 다시 뿌리내리게 도와줄 것입니다.

또, 배움터*나 집에서 다양하게 활용할 수 있어요. 배움터에서는 아이들과 하루를 시작할 때 하루 한 낱말씩 함께 읽을 수 있고, 집에서는 아이들과 잠들기 전 하루 한 낱말씩 함께 읽어 볼 수도 있겠지요. 하루에 한 낱말씩 읽다 보면 그 낱말이 실마리가 되어 실타래처럼 흘러나오겠지요.

우리말의 아름다움과 소중함을 느끼게 해 주는 꾸러미입니다. 해마다 반복되는 삶과 자연의 아름다움이 우리말에 녹아 있다는 것을 알려 주는 소중한 씨앗이기도 하지요. 이 책이 널리 알려지고 쓰이길 바랍니다. 더 많은 이들이 우리의 말을 소중히 여기고, 잊고 지냈던 말들을 다시 찾아내는 기회가 되기를.

*배움터: 학교

– 광주 전남 우리말가르침이

차 례

봄

여름

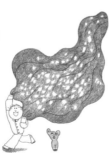

가을

겨울

봄뜻 땅별 꽃샘잎샘 닷새갈이 솜병아리
버찌 새털구름 싱숭생숭 사부작사부작 쌉싸래하다
달팽이걸음 안갚음 너울가지 윤슬

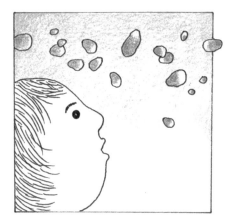

봄뜻

봄이 오는 기운.

작은 꽃잎에 봄뜻이 있어요.
작은 분홍빛에 봄뜻이 있어요.

작은 풀잎에 봄뜻이 있어요.
그 풀잎에 앉은 작은 벌레에 봄뜻이 있어요.

잎이 나오는 작은 나무에 봄뜻이 있어요.
그 나무에 날아든 작은 새에 봄뜻이 있어요.

살랑살랑 바람에 봄뜻이 있어요.
살랑살랑 마음에도 봄뜻이 있어요.

연관어

- **따지기때** : 이른 봄에 얼었던 흙이 풀리려고 하는 때.
- **밭갈이철** : 밭을 갈기에 알맞은 철.
- **잔풀나기** : 어린 풀이 싹 트는 때. 봄철.
- **아지랑이** : 봄날 햇빛이 강하게 쬘 때 공기가 공중에서 아른아른 움직이는 것.

지구도 하나의 별이에요.

땅이 있어서 땅별이에요.

우주에 있는 별들 중에

땅 있는 별 있으면 나와 보라고 해요.

우리 땅처럼 생명이 가득한 땅이요.

우주에서 친구가 온다면

봄의 땅을 보여 줄래요.

새싹이 돋고, 꽃이 피고, 나무가 자라는 땅.

땅에서 친구들이랑 놀래요.

뛰어 놀기 좋은 땅.

지구는 땅별이에요.

연관어

· **뭇별** : 많은 별.
· **붙박이별** : 자리를 바꾸지 않는 별. 북극성.
· **여우별** : 궂은 날 구름 사이로 잠깐 났다가 사라지는 별.
· **샛별** : 새벽 동쪽 하늘에 반짝이는 금성.
· **개밥바라기** : 해 진 뒤에 서쪽 하늘에 반짝이는 금성.

　꽃샘잎샘. 추위가 닥쳤어요. 그래도 우리 가족은 공원에 운동하러 나왔어요. 아빠가 더르르 떨어요. 엄마가 달달 떨고요. 동생은 앙당그레 옴츠려요. 나는 오들오들 떨어요. 꽃샘잎샘. 그래도 아빠가 두 다리를 옆으로 쭉 뻗었어요. 엄마가 두 팔을 위로 쭉 뻗었어요. 동생이 어깨를 쫙 폈어요. 나도 팔다리를 쫙쫙 폈어요. 꽃샘잎샘. 그래도 꽃은 핀다잖아요. 꽃샘잎샘. 그래도 잎은 나온다잖아요.

연관어

- **꽃샘추위** : 이른 봄, 꽃이 필 무렵의 추위. 꽃샘.
- **잎샘추위** : 봄에, 잎이 나올 무렵의 추위. 잎샘.
- **꽃샘바람** : 이른 봄, 꽃이 필 무렵에 부는 쌀쌀한 바람.
- **소소리바람** : 이른 봄, 살 속으로 스며드는 듯한 차고 매서운 바람.
- **더르르** : 몸을 한 번 크게 떠는 모양.
- **앙당그레** : 춥거나 겁이 나서 몸이 옴츠러지는 모양.

닷새갈이

닷새 동안 밭을 갈 정도의 넓이.
또는 그 넓이의 땅.

학교 다니는 일도 닷새갈이 같아.

월요일부터 금요일까지 꼬박 닷새.

하루 이틀 사흘 나흘 닷새.

밭 갈듯이 매일 공부해야 하니까.

아! 사흘갈이라면 얼마나 좋을까.

연관어

- **날짜를 세는 말** : 하루, 이틀, 사흘, 나흘, 닷새, 엿새, 이레, 여드레, 아흐레, 열흘.
- **사나흘** : 사흘이나 나흘. 사날.
- **보름** : 음력으로 그달의 열닷새째 되는 날. 또는 열닷새 동안.
- **스무날** : 매달 첫째 날부터 스무 번째 되는 날.
- **그믐** : 음력으로 그달의 마지막 날.

 솜병아리

우리 할머니는 나더러 솜병아리래요.

나는 보드랍고 귀여운 솜병아리.

우리 아빠는 화를 낼 때 능소니 같아요.

능소니는 별로 안 무서워요.

우리 형은 중학생이 되었는데

꼭 동부레기 같아요.

형 머리에 곧 뿔이 날 것 같아요.

우리 누나요? 부사리 같아요.

들이받는 소!

연관어

· **햇병아리** : 알에서 깨어 밖으로 나온 병아리.

· **서리병아리** : 이른 가을에 알에서 깬 병아리.

· **능소니** : 곰의 새끼.

· **엇송아지** : 아직 다 자라지 못한 송아지.

· **동부레기** : 뿔이 날 만한 나이의 송아지.

· **부사리** : 들이받는 버릇이 있는 황소.

벚나무 아래에서

아이와 새 한 마리가 만났다.

너도 기다려?

벚나무엔 연두색 버찌가 달려 있다.

연두색은 써.

붉은색 버찌를 기다려야지.

붉은색은 셔.

검은색 버찌를 기다려야지.

검은색은 달콤해.

그땐 우리,

얼른 따 먹자.

연관어

· **벚** : 버찌의 준말. '체리'는 서양 버찌로, 양벚나무의 열매를 이른다.
· **뽕** : 뽕나무의 잎. 누에의 먹이로 쓴다.
· **오디** : 뽕나무의 열매.
· **거지주머니** : 다 익지 못한 채로 달린 열매의 껍데기.
· **꼭지깃** : 감귤류, 한라봉 등의 열매에서 열매 자루가 붙은 꼭지 부분에 볼록 튀어나온 부분.

시장에서 집까지.

무거운 장바구니를 들고 가는 우리 엄마.

어깨 위에 새털구름을 얹어 주고 싶어.

집에서 학교까지.

바위 같은 책가방을 메고 가는 우리 누나.

어깨 위에 새털구름을 얹어 주고 싶어.

새털구름이 날개가 되어 떠오르는 마술.

그 마술을 부리고 싶어.

연관어

· **뭉게구름** : 솜을 쌓아 놓은 것처럼 뭉실뭉실한 모양의 구름. 쌘구름.

· **비늘구름** : 희고 작은 구름 덩이가 촘촘히 흩어져 있는 구름. 털쌘구름.

· **거먹구름** : 비를 머금은 거무스름한 구름. 먹구름. 먹장구름. 매지구름.

· **꽃구름** : 고운 빛깔의 구름. 아침저녁 노을빛과 어우러져 나타난다.

· **구름바다** : 산꼭대기나 비행기에서 내려다보았을 때 바다처럼 널리 깔린 구름.

마음이 들떠서 어수선하고
갈팡질팡하는 모양.

새 학년이 되니 싱숭생숭하다.

봄이라 그런가 싱숭생숭하다.

연아와 한 반이 되어서 싱숭생숭하다.

공부는 해야겠고, 싱숭생숭하다.

화단에 노란 꽃이 피어서 싱숭생숭.

봄바람이 불어서 싱숭생숭.

수학 문제는 어렵고, 싱숭생숭.

연아가 웃어서 싱숭생숭.

아! 나는 싱숭생숭 병에 걸렸나 보다.

· **갈팡질팡** : 갈피를 잡지 못하고 이리저리 헤매는 모양.
· **뒤숭숭** : 느낌이나 마음이 어수선하고 불안한 모양.
· **안절부절못하다** : 마음이 초조하고 불안하여 어찌할 바를 모르다.
· **설레발치다** : 몹시 서두르며 부산하게 굴다.

사부작사부작 별로 힘들이지 않고
계속 가볍게
행동하는 모양.

사부작사부작.

시부적시부적.

휘뚜루마뚜루.

어기적어기적.

바동바동.

학교 텃밭에서 아이들이 움직이고 있어요.

잡초도 뽑고, 이랑도 만들고, 씨앗도 심고,

물도 나르고, 신발도 털고, 괜히 참새도 쫓고!

자갈돌을 버린다고 아주 멀리 가고…….

· **시부적시부적** : '사부작사부작'보다 센 느낌.
· **휘뚜루마뚜루** : 이것저것 가리지 않고 닥치는 대로 마구 해치우는 모양.
· **어기적어기적** : 팔다리를 부자연스럽고 크게 움직이며 천천히 걷는 모양.
· **바동바동** : 힘에 겨운 처지에서 벗어나려고 애를 바득바득 쓰는 모양.

 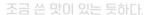

조금 쓴 맛이 있는 듯하다.

엄마가 봄나물을 무쳤다.

어제는 냉이, 오늘은 취나물.

먹어 보니 쌉싸래하다.

아이, 써! 했더니,

쓴 게 약이라고 한다.

봄 나물나물 봄 나물나물.

엄마가 노래를 부른다.

다음엔 씀바귀를 무치겠단다.

아! 이름만 들어도 쓴 씀바귀!

씀 바귀바귀! 씀 바귀바귀!

연관어

· **쌉싸름하다** : 조금 쓴 맛이 있는 듯하다.
· **떨떠름하다** : 조금 떫은 맛이 있다.
· **짭짜래하다** : 조금 짠맛이 있는 듯하다. 짭조름하다.
· **간간하다** : 입맛이 당기게 약간 짠 듯하다.

가는 듯 마는 듯
아주 느리게 걷는 걸음.

나는 달팽이.

별을 향해 걷는 달팽이.

가는 듯 마는 듯 느린 걸음.

넓은 들판도 달팽이걸음으로.

높은 산도 달팽이걸음으로.

어두운 밤도, 폭풍우 치는 낮도,

달팽이걸음으로.

느려도 괜찮아.

지금도 나는 걷고 있는걸. 별을 향해.

너의 별은 무엇이니?

연관어

· **거북이걸음** : 거북이처럼 아주 느리게 걷는 걸음.

· **쥐걸음** : 초조한 마음으로 바깥을 살피며 자세를 낮추고 살금살금 걷는 걸음.

· **지게걸음** : 몸을 좌우로 기우뚱거리며 걷는 걸음.

· **허깨비걸음** : 정신없이 허둥지둥 걷는 걸음.

· **느루** : 한꺼번에 몰아치지 않고 오래도록.

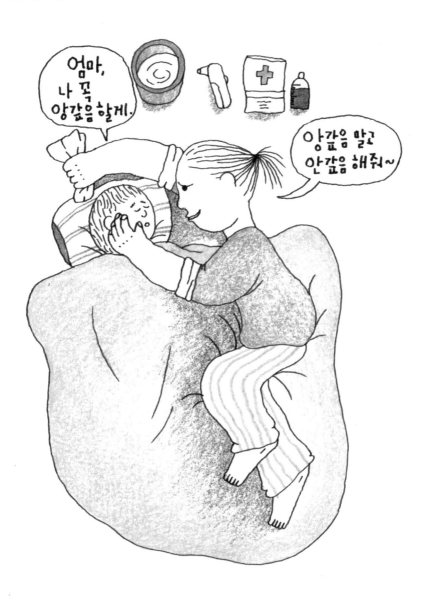

 **안갚음** 자식이 자라서 부모의 은혜를 갚는 것.

까마귀 새끼는 자라서

늙은 어미에게 먹이를 물어다 준대요.

길러 준 은혜를 갚는 것이래요.

자식이 자라서 부모의 은혜를 갚는 것을

'안갚음'이라고 해요.

부모가 안갚음을 받는 것을 '안받음'이라고 해요.

'안'을 갚고 '안'을 받고! 이 '안'은 무엇일까요?

보석보다 귀한 이 '안'은 무엇일까요?

순수하고 따뜻한 이 '안'은 무엇일까요?

향기도 나는 이 '안'은 무엇일까요?

이 '안'은 바로 마음입니다.

연관어

· **안받음** : 부모가 자식에게서 안갚음을 받는 것.
· **내리사랑** : 손윗사람이 손아랫사람을 사랑함. 특히 자식에 대한 부모의 사랑을 이른다.
· **치사랑** : 손아랫사람이 손윗사람을 사랑함.
· **앙갚음** : 남이 자신에게 해를 준 대로 자신도 남에게 해를 줌.

친구 사귀기 정말 어렵다.

먹으면 너울가지 좋아지는 약이 있다면.

입으면 너울가지 좋아지는 옷이 있다면.

양말이라도.

봄비 촉촉이 오는 날.

우리 반 아이 하나가 비를 맞고 걸어갔다.

나는 달려가 우산을 씌워 주었다.

아! 이건 같이 쓰면 너울가지 좋아지는 우산?

아이, 두근거려.

연관어

· **넉살** : 부끄러운 기색 없이 비위 좋게 구는 짓. 덕살.

· **너스레** : 수다스럽게 떠벌려 늘어놓는 말이나 짓.

· **숫기** : 활발하여 부끄러워하지 않는 기운.

· **언죽번죽** : 조금도 부끄러워하는 기색 없이 뻔뻔한 모양.

· **유들유들하다** : 부끄러운 줄도 모르고 뻔뻔한 데가 있다.

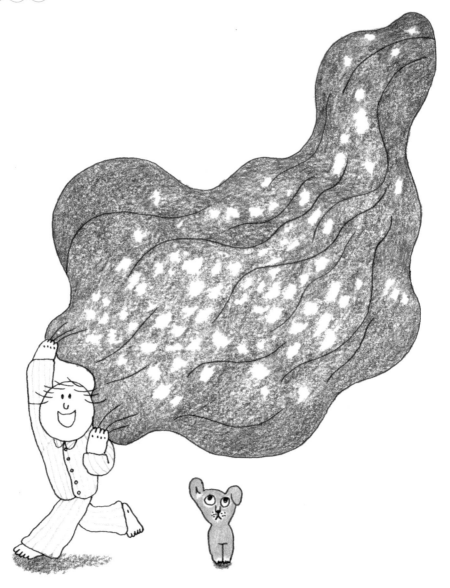

달이 강물 위에 윤슬을 뿌렸다.

반짝반짝 신비로운 윤슬.

그 윤슬을 가져다가 망토를 만들었다.

나의 꿈 속으로

나의 희망 속으로

신비를 찾아 떠나는 윤슬망토.

나는 윤슬망토를 두르고

반짝이는 아이!

연관어

· **물비늘** : 잔잔한 물결이 햇살 따위에 비치는 모양.

· **메밀꽃** : 파도가 일 때 하얗게 부서지는 물보라를 꽃에 빗대어 이르는 말.

· **허허바다** : 끝없이 넓고 큰 바다.

· **해미** : 바다 위에 낀 아주 짙은 안개.

· **목새** : 물결에 밀리어 한곳에 쌓인 보드라운 모래.

소나기밥 찔레꽃머리 서늘맞이 불더위
잠비 개똥장마 메옥수수 여름심기 까무룩
잠방잠방 옹달우물 보짱 너나들이 말벗

여름

갑자기 많이 먹는 밥.

긴긴 불볕더위에 소나기가 쏟아졌다.

바위 아래에서 두꺼비들이 아, 입을 벌렸다.

소나기밥 먹나 보다.

풀숲에서 길고양이들이 아, 입을 벌렸다.

소나기밥 먹나 보다.

엄마와 마주 앉아 밥을 먹는 아이도 아,

입을 벌렸다.

다정한 바람이 불고,

갑자기 많이 먹는 밥, 소나기밥.

연관어

· **불볕더위** : 햇볕이 몹시 뜨겁게 내리쬘 때의 더위. 불더위.

· **감투밥** : 그릇 위까지 수북하게 담은 밥. 고봉밥.

· **강밥** : 국이나 반찬도 없이 맨밥으로 먹는 밥.

· **모둠밥** : 여러 사람이 먹기 위하여 함께 담은 밥.

· **깨지락깨지락** : 음식을 억지로 굼뜨게 먹는 모양. 깨작깨작. 깨질깨질. 께지럭께지럭.

찔레꽃머리

찔레꽃이 필 무렵. 이른 여름.

찔레꽃 필 무렵을 찔레꽃머리라고 해요.
찔레꽃머리가 오고 여름 시작이에요.
해가 길어서 일하기 깐깐하다는 여름.
미끄러지듯 쉽게 지나간다는 여름.
어정거리다가 지나가 버린다는 여름.
깐깐하게 놀지 뭐.
미끈하게 놀아 볼까?
어정어정 놀아야지.
아! 여름은 놀기 좋아요.

연관어

· **일더위** : 첫여름부터 일찍 오는 더위.
· **된더위** : 몹시 심한 더위. 강더위.
· **가마솥더위** : 가마솥을 달군 뜨거운 기운처럼 몹시 더운 날씨.
· **찌물쿠다** : 날씨가 물체를 푹푹 쪄서 무르게 할 만큼 매우 더워지다.

서늘맞이

한여름 밤의 거실.

우리 가족은 불을 끄고 무서운 영화를 봐요.

납량 특집극이래요.

납량! 순우리말로 하면 서늘맞이예요.

피서를 즐기기에 딱 좋은 공포 영화래요.

피서! 순우리말로 하면 서늘맞이예요.

공동묘지가 나오고 거실이 서늘해져요.

묘가 갈라지고 등골이 서늘해져요.

귀신이 거실을 돌아다니고!

으악!

연관어 ··

· **들살이** : 야외에 천막을 쳐 놓고 하는 생활.

· **솔개그늘** : 솔개만큼 아주 작게 지는 그늘.

· **비거스렁이** : 비가 갠 뒤에 바람이 불고 기온이 낮아지는 현상.

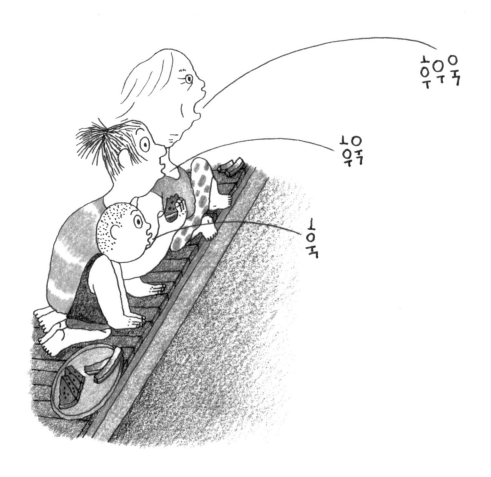

불더위

햇볕이 몹시 뜨겁게 내리쬘 때의 더위.

불더위엔 수박.

불더위에 어떤 왕.

시골집 마루에 셋이 앉았다.

수박을 쪼개 먹었다.

수박씨 뱉기 놀이를 했다.

가장 멀리 뱉는 사람이 왕.

아이가 먼저 훅 뱉었다.

담장 아래 봉숭아를 건드렸다.

엄마가 후욱 뱉었다.

담장 밖 배롱나무를 건드렸다.

할머니가 후우욱 뱉었다.

들판에 서 있는 미루나무가 흔들렸다.

와! 할머니는 수박씨요술대왕?

연관어

· **봉숭아** : 여름에 붉은색, 흰색 등의 꽃이 핀다. 꽃물로 손톱을 물들이기도 한다. 봉선화.
· **배롱나무** : 높이 5~6미터 정도로 구불구불 굽어지며 자란다. 7~9월에 붉은색, 흰색 등의 꽃이 핀다.
· **미루나무** : 버드나무 종류. 높이가 30미터 정도로 곧게 자란다.

여름에 일을 쉬고
낮잠을 잘 수 있게 하는 비. 여름비.

여름에 내리는 비, 잠비.

일을 쉬고 낮잠을 자라는 비, 잠비.

1단부터 9단까지.

구구단을 다 외우려고 했는데

3단까지밖에 못 외운 건 잠비 때문이다.

색칠 공부.

사자의 몸에 색을 다 칠해 주려고 했는데

사자 콧구멍만 건드린 건 잠비 때문이다.

여름비, 잠비.

나를 재운 잠비.

연관어

· **떡비** : 풍년이 들어 떡을 해 먹을 수 있게 하는 비. 가을비.
· **웃비** : 아직 비가 올 기운이 있으나 좍좍 내리다가 그친 비.
· **는개** : 안개비보다는 조금 굵고 이슬비보다는 가는 비.
· **비설거지** : 비가 오려고 하거나 올 때, 비에 맞으면 안 되는 물건을 치우거나 덮는 일.
· **먼지잼** : 비가 겨우 먼지나 날리지 않을 정도로 조금 옴.

개똥장마

거름이 되는 개똥처럼
좋은 장마라는 뜻으로,
오뉴월 장마를 이른다.

장마가 개똥만 같았으면.

밭에 거름이 되는 개똥만 같았으면.

나무를 간질간질 키우는 개똥만 같았으면.

꽃도 웃는 개똥만 같았으면.

장마 이름이 개똥이어도

물 차는 집 하나 없고

물에 떠내려가는 소도 없고

물 건너다 쓰러지는 사람도 없는

그런 장마였으면.

연관어

· **마른장마** : 장마철에 비가 아주 적게 오거나 갠 날이 계속되는 것.
· **억수장마** : 여러 날 동안 억수로 내리는 장마.
· **개부심** : 장마로 크게 물이 불어난 뒤, 다시 비가 내려 흙을 부시어 냄.
· **불가물** : 아주 심한 가물. '가물'은 가뭄과 같은 말이다.

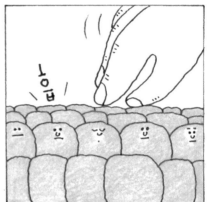
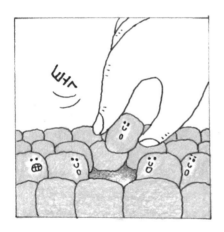

찰기가 없는 옥수수.

옥수수 껍질 속에서 옥수수알들은 무슨 이야기를 나눌까?
옥수수알 하나가 "야! 여름이다." 하면
나머지 옥수수알들이 모두 여름 이야기를 할까?
옥수수알들이 하나씩 재미있는 이야기를 지어내면
옥수수 껍질 속엔 엄청 많은 이야기들이 들어차겠다.

고소한 메옥수수.
우리 할머니는 왜 옥수수알을 하나씩 떼어 드실까?
혹시 재미있는 이야기를 하나씩 다 듣느라?

연관어

· **찰옥수수** : 찰기가 있는 옥수수.
· **강냉이** : 옥수수 열매.
· **엇구수하다** : 맛이나 냄새가 조금 구수하다.
· **먹새** : 음식을 먹는 태도. 또는 음식을 먹는 양. 먹음새. 먹성.

여름심기

여름에 씨앗이나 뿌리를 심는 일.

여름에 씨앗 심는 것을 여름심기라고 해요.

여름에 뿌리 심는 것을 여름심기라고 해요.

심어 놓고 잃어버린 씨앗이 있나요?

마음먹은 것, 약속한 것. 그런 씨앗.

여름에 다시 심어 봐요.

심었는데 힘없이 말라 버린 뿌리가 있나요?

꿈이라는 뿌리, 희망이라는 뿌리.

여름에 새로 심어 봐요.

여름 모래밭에는 가장 재미있는 것을 심어 봐요.

연관어

· **모래톱** : 강가나 바닷가에 있는 넓고 큰 모래벌판.

· **굼뉘** : 바람이 안 불 때 치는 큰 파도.

· **너울** : 바다의 크고 사나운 물결.

· **물마루** : 높이 솟은 물의 꼭대기. 또는 수평선의 두두룩한 부분.

 정신이 갑자기 흐려지는 모양.

소낙비 지나간 창가에서

나는 까무룩 잠이 들었다.

바닷가에서 기타 치는 매미를 만났다.

물안경 쓰고 헤엄치는 개를 만났다.

신나게 파도 타는 고양이를 만났다.

나는 시원한 물속으로 풍덩, 뛰어들었다.

앗! 풍덩, 잠이 깼다.

혹시 그 매미도, 그 개도, 그 고양이도

까무룩 잠이 들었던 게 아닐까?

우리는 까무룩 세계에서 만났던 게 아닐까?

연관어

· **어리마리** : 잠이 든 둥 만 둥 하여 정신이 흐릿한 모양.
· **궁싯궁싯** : 잠이 오지 않아 누워서 몸을 이리저리 뒤척거리는 모양.
· **반송반송** : 잠은 오지 않고 정신만 말똥말똥한 모양.
· **조리치다** : 졸음이 올 때에 잠깐 졸고 깨는 것.

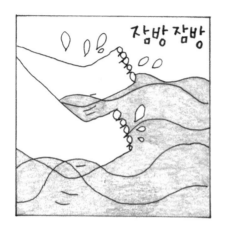

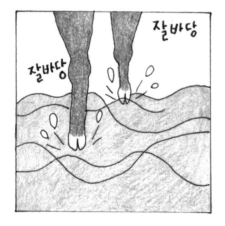

 작은 물체가 물에 자꾸 부딪치거나
잠기는 소리. 또는 그 모양.

냇가에서 소리가 나요.

잠방잠방 점벙점벙.

누가 발을 담갔을까요?

참방참방 첨벙첨벙.

누가 꼬리를 담갔을까요?

잘바당잘바당 철버덩철버덩.

사슴이 냇물을 건넜을까요?

찰바당찰바당 철버덩철버덩.

코끼리가 냇물을 건넜을까요?

연 관 어

· **참방참방** : '잠방잠방'보다 거센 느낌.
· **잘바당잘바당** : 조금 묵직한 물체가 물에 자꾸 거칠게 부딪치는 소리. 또는 그 모양.
· **찰바당찰바당** : '잘바당잘바당'보다 거센 느낌. 찰방찰방.

옹달우물 작고 오목하게 땅을 파서 만든 우물.

마음에 우물 하나 가지라고 하면
나는 두레우물보다 옹달우물이 좋아요.
깊어서 두레박으로 퍼야 하는 우물 말고
작고 오목해서 바로 풀 수 있는 우물이요.
옹달옹달 옹달우물.
옹달옹달 물을 퍼서
목마른 사람에게 주고 싶어요.
목마른 동물들을 찾아가서
옹달옹달 물을 퍼 주고 싶어요.

연 관 어

· **옹달샘** : 작고 오목한 샘.
· **옹달솥** : 작고 오목한 솥.
· **두레우물** : 두레박으로 물을 긷는 깊은 우물.
· **두레박** : 줄을 길게 달아 우물물을 퍼 올리는 데 쓰는 도구.

소미네 강아지 이름은 보짱.
소미는 보짱을 키워요.

한 어른이 소미에게 혀를 찼어요.
보짱이 그렇게 없어서야. 쯧쯧.
보짱은 큰일을 해낼 수 있는 용기예요.
보짱은 어려운 일도 해낼 수 있는 지혜예요.
혀 차기 대장 어르신,
보짱 없는 어린이가 어디 있나요?
아직 작아서 그렇지, 보짱은 다 있어요.
잘 키워서, 큰 보짱을 마음속에서 꺼낼 거예요.
어디 두고 보라고요!
소미는 보짱을 키워요.

연관어

· **배짱** : 마음속으로 다져 먹은 생각이나 태도.
· **뱃심** : 염치나 두려움이 없이 제 고집대로 버티는 힘.
· **뚝심** : 굳세게 버티거나 감당하여 내는 힘.

 서로 너니 나니 하고 부르며
허물없이 말을 건넴. 또는 그런 사이.

우리는 한 반.

너와 나는 너나들이.

우리 모두는 너나들이.

여름 방학 끝나고 한 아이가 전학을 왔다.

어서 와. 너나들이하며 잘 지내자.

우리도 한 반!

연못가에서 개구리들이 울었다.

너니 나니 너니 나니.

우리는 너나들이.

잘 지내자. 개굴개굴.

· **허물없다** : 서로 매우 친하여, 체면을 돌보거나 조심할 필요가 없다.
· **스스럼없다** : 조심스럽거나 부끄러운 마음이 없다.
· **스스럽다** : 서로 사귀어서 든 정이 두텁지 않아 조심스럽다.

말벗은 말로 얻을 수 있어요.

말을 많이 한다고 얻을 수 있는 건 아니에요.

말을 잘한다고 얻을 수 있는 것도 아니에요.

말벗은 천천히 말을 들어 주는 것.

재미있는 것도 재미없는 것도 들어 주는 것.

신나는 것도 괴로운 것도 들어 주는 것.

말벗은 차분차분 말을 해 주는 것.

말로 기운을 북돋아 주는 것.

말로 따듯함을 전하는 것.

말벗은 가끔, 말 안 해도 그 마음을 다 알아요.

연관어

· **글벗** : 글로써 사귄 벗.

· **말추렴** : 다른 사람이 말하는 데 한몫 끼어들어 말을 거드는 일.

· **말치레** : 실속 없이 말로 겉만 꾸미는 일.

· **말품앗이** : 한 사람이 어떤 일에 대하여 말을 하면, 상대편이 그 말을 받는 방식으로 하여 서로 말을 주고받는 일.

가을하다 메밀잠자리 도톨밤 달마중 갈꽃
땅거미 어우렁더우렁 봉실봉실 말광
달보드레하다 눈물비 깜냥깜냥 푼푼하다 으뜸

가을

가을하다

가을에 곡식을 거두어들이다.

가을엔 바빠요.

가을하느라 바빠요.

우리에겐 노는 게 일!

가을에 신나게 놀기.

그것이 우리의 가을하기.

가을하려면 부지런히 움직여야 해요.

야구 모자도 챙기고,

축구공도 챙기고,

텐트도 챙기고.

아! 공부요?

아이들에게 가을하기는 공부라고요?

아! 이런. 그냥 건들건들 지나갈래요.

가을에 부는 건들바람처럼요.

연관어

· **가을걷이** : 가을에 곡식을 거두어들이는 일. 가을일.
· **건들바람** : 이른 가을에 선들선들 부는 바람. 선들바람.
· **찬바람머리** : 가을철에 싸늘한 바람이 불기 시작할 무렵.
· **벼때** : 벼를 거두어들이는 때.

메밀잠자리

고추잠자리의 암컷.
몸이 누르스름하다.

메밀잠자리는 메밀처럼 누런색.
고추잠자리는 고추처럼 붉은색.

누런 가을 햇빛 속에
메밀잠자리와 고추잠자리.

붉은 가을 꽃밭 위에
메밀잠자리와 고추잠자리.

나랑 너는 괜히 두 팔을 벌리고
누나잠자리와 동생잠자리.

연관어

· **메밀** : 한해살이풀. 7~10월에 흰 꽃이 피고, 열매는 가루를 내어 국수나 묵을 만들어 먹는다.
· **가을빛** : 가을을 느낄 수 있는 경치나 분위기. '봄빛', '여름빛', '겨울빛'도 있다.
· **가으내** : 한가을 내내. '봄내', '여름내', '겨우내'도 있다.

도토리처럼 둥글고 작은 밤.

밤나무 아래에 밤알들이 나란히 앉았다.

도사리 밤은 아쉬운 표정, 쭉정이 밤은 괴로운 표정.

구멍 밤은 속상한 표정. 껌정 밤은 슬픈 표정.

얘들아, 기운 내. 밤은 밤끼리 모두 친구야.

덜 익은 도사리 밤도, 알맹이 없는 쭉정이 밤도,

벌레 먹은 구멍 밤도, 까맣게 썩은 껌정 밤도,

도토리처럼 작은 나, 도톨밤도!

모두 모두 친구!

그래. 그래. 친구!

밤알들은 정답게 어깨동무를 했다.

연관어

· **아람** : 밤이나 상수리 따위가 충분히 익어 저절로 떨어질 정도가 된 상태.
· **도사리** : 다 익지 못한 채 떨어진 과일의 열매.
· **쭉정이** : 껍질만 있고 속에 알맹이가 들지 않은 곡식이나 과일.
· **보늬** : 밤이나 도토리 따위의 속껍질.

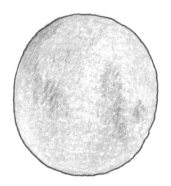

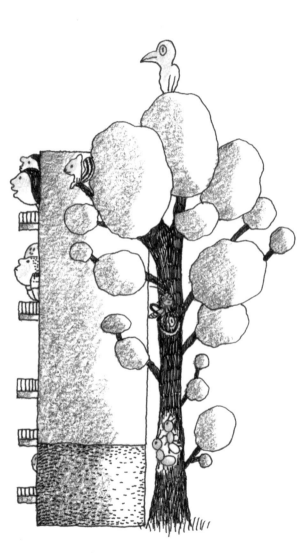

추석이나 대보름날에 달이 뜨기를
기다려 맞이하는 일. 달맞이.

한가위에 보름달이 둥실 떴어요.

윤지네 가족은 창가에서 달마중을 해요.

아래층에 사는 진수네도 달마중을 해요.

아래 아래, 옆에 사는 현서네도 달마중을 해요.

나무들은 고요하고요.

나무 우듬지에서 새도 달마중을 해요.

아래 나뭇가지 위에서 다람쥐도 달마중을 해요.

아래 아래, 옹이 옆에서 귀뚜라미도 달마중을 해요.

맨 아래 밑동 가까이에서 개미들도 달마중을 해요.

연관어

- **한가위** : 우리나라 명절의 하나. 음력 팔월 보름날. 추석. 가윗날.
- **우듬지** : 나무의 꼭대기 줄기.
- **옹이** : 나무의 몸에 박힌 가지의 밑부분.
- **밑동** : 나무줄기에서 뿌리에 가까운 부분.
- **그루터기** : 풀이나 나무의 아랫동아리. 또는 그것들을 베고 남은 아랫동아리.

갈꽃

갈대의 꽃. 솜과 같은 흰 털이 많고 부드럽다.

친구와 갈대숲으로 갈꽃 보러 갔다.

갈바람이 장난스럽게 갈꽃을 흔들었다.

하얀 털을 가진 갈꽃.

갈꽃으로 커다란 방석을 만들어서

친구와 앉는다면

갈바람이 장난스럽게

방석을 하늘로 띄운다면

우리는 갈꽃방석을 타고 날아가자.

갈대숲을 신나게 날아다니자.

연관어

· **색바람** : 이른 가을에 부는 서늘한 바람. 서늘바람. 더넘바람.
· **솔바람** : 가을에, 외롭고 쓸쓸한 느낌을 주며 부는 으스스한 바람. 소슬바람.
· **서릿가을** : 늦은 가을. 주로 음력 9월을 이른다.
· **무서리** : 늦가을에 처음 내리는 묽은 서리.
· **된서리** : 늦가을에 아주 되게 내리는 서리.

땅거미

해가 진 뒤 어스레한 상태. 또는 그런 때.

어린 내 동생.

노느라 집에 갈 생각이 없는 내 동생.

땅거미가 지고 있는데 세상모르는 내 동생.

앗! 땅거미가 온대. 산만큼 큰 거미가 온대.

나는 소스라치는 시늉을 했다.

동생이 내 손을 꼭 잡았다.

나는 얼른 집을 향해 걸어갔다.

땅거미는 거미가 아닌데!

순진한 내 동생.

나는 파르르 떠는 시늉을 했다.

땅거미 털 봤냐? 엄청나.

땅거미 눈 봤냐? 우리 집 창문만 해.

연관어

· **어스름** : 조금 어둑한 상태. 또는 그런 때.
· **해거름** : 해가 서쪽으로 넘어가는 일. 또는 그런 때.
· **햇귀** : 해가 처음 솟을 때의 빛.
· **볕뉘** : 작은 틈을 통하여 잠시 비치는 햇볕.

신나는 가을 운동회.

어우렁더우렁 청군이 파란 박을 터뜨린다.
어우렁더우렁 백군이 하얀 박을 터뜨린다.

청백 이어달리기가 시작되자
어우렁더우렁 청군은 청군 응원가.
어우렁더우렁 백군은 백군 응원가.

하늘에서 구름들도 덩달아 어우렁더우렁.

연관어

· **어우러지다** : 여럿이 조화를 이루거나 섞이다.
· **어울림** : 두 가지 이상의 것이 서로 잘 조화됨.
· **더불다** : 둘 이상의 사람이 함께하다.
· **하나되다** : 하나의 덩어리를 이루거나 한마음이 된다.

봉실봉실

소리 없이 입을 조금 벌리고
예쁘장하게 웃는 모양.

나무도 웃을 수 있다면,

오동나무는 오동동 하며 웃을 거야.

참나무는 참참참 크게 웃을 거야.

단풍나무는 단풍단풍 예쁘게 웃을 거야.

쥐똥나무는 쥐똥쥐똥 귀엽게 웃을 거야.

괜히 좋은 날,

나무들은 모여서

봉실봉실 웃을 거야.

연관어

· **새실새실** : 점잖지 않게 자꾸 까불며 웃는 모양.

· **히쭉벌쭉** : 몹시 기뻐서 어쩔 줄 몰라 입을 벌리고 자꾸 소리 없이 웃는 모양.

· **재그르르** : 여러 사람이 한꺼번에 자지러지게 웃는 모양.

· **뭇웃음** : 여러 사람이 함께 웃는 웃음.

· **볼웃음** : 입을 벌리거나 소리를 내지 않고 볼 위에 표정으로 드러내는 웃음.

광은 여러 물건을 넣어 두는 곳간을 말해요.

그러니까 말광은 말을 넣어 두는 곳간이에요.

말광엔 어떤 말들을 넣어 둘까요?

동생에게 꺼내 줄 아기자기한 말.

친구에게 꺼내 줄 예쁜 말.

엄마 아빠께 꺼내 드릴 사랑의 말.

선생님께 꺼내 드릴 존경의 말.

어른들께 꺼내 드릴 예의 바른 말.

모두 따듯한 말이에요.

그리고 나에게 줄 이 모든 말!

따듯한 말이에요.

· **말모이** : 우리나라 최초의 국어사전. 말을 모은다는 뜻에서 왔다. 주시경 등이 1910년 무렵에
조선 광문회에서 만들다가 끝내지 못하였다.

달보드레하다

약간 달콤하다.

언니가 과자를 구웠다.

맛을 보니 달보드레하다.

언니는 내일 친구들과 소풍을 간단다.

달콤한 가을 소풍!

소풍 가방에 과자를 넣어 두고

언니는 잠을 잤다.

나는 몰래 소풍 가방으로 다가갔다.

과자를 하나 슬쩍 빼냈다.

언니가 눈을 떴나 돌아보았다.

그때 창밖에 달이 떴다.

나는 과자를 얼른 입에 넣었다.

음, 달보드레해.

달은 두 눈이 커다랗고!

연관어

· **달큼하다** : 감칠맛이 있게 꽤 달다.
· **달크무레하다** : 약간 달큼하다.
· **다디달다** : 매우 달다.
· **달곰삼삼하다** : 맛이 조금 달고 싱거운 듯하면서도 맛있다.

주르륵 흘리는 눈물.

형 얼굴에 주르륵 눈물비 내린다.
우산을 씌워 줄까?

형 얼굴에 주르륵 눈물비 내린다.
무지개를 그려 줄까?

형 얼굴에 주르륵 눈물비 내린다.
내 과자를 줄까?

연관어 ·

· **강울음** : 억지로 우는 울음.
· **건성울음** : 정말 우는 것이 아니라, 겉으로만 우는 울음. 겉울음.
· **속울음** : 눈물을 흘리거나 소리 내지 않고 속으로 우는 울음.
· **황소울음** : 황소의 울음소리처럼 큰 소리로 울부짖는 울음.
· **피눈물** : 몹시 슬프고 분하여 나는 눈물.

비가 추적추적 내렸어요. 민지는 엄마 대신 어린이집에서 동생을 데려오기로 했어요. 과연 민지에겐 이 일을 해낼 감냥이 있을까요?

민지는 우산을 쓰고 어린이집으로 갔어요. 동생 손을 잡고 우산을 같이 썼어요. 빗속을 걸어갔어요. 우산을 동생 쪽으로 기울였어요. 신호등을 잘 보고 길을 건넜어요. 물웅덩이도 잘 피했어요. 동생 무사히 집으로 데려가기. 민지는 이 일을 감냥감냥 해냈어요. 창가에 나와 있던 엄마가 미쁜 표정을 지었어요.

연 관 어

- **감냥** : 스스로 일을 헤아림. 또는 헤아릴 수 있는 능력.
- **가리사니** : 사물을 판단할 만한 능력. 또는 사물을 판단할 수 있는 실마리.
- **개맹이** : 똘똘한 기운이나 정신.
- **애면글면** : 몹시 힘에 겨운 일을 이루려고 갖은 애를 쓰는 모양.
- **미쁘다** : 믿음성이 있다. 믿음직스럽다. 미덥다.

푼푼하다

마음이 좁지 않고
시원스러우며 너그럽다.

두근두근 학예회.
우리들은 무대에 올랐어요.
리코더를 멋지게 연주했어요.
곡이 흐르고 있는데, 삑!
한 아이가 음을 틀렸어요.
곡이 딱 멈추었어요.
괜찮아.
우리들은 푼푼하게 웃었어요.
괜찮아.
관객들도 푼푼하게 웃었어요.
우리들은 다시 연주를 했어요.

연관어

· **숭굴숭굴하다** : 성질이 까다롭지 않고 원만하다. 동글동글하다.
· **슬금하다** : 겉으로는 어리숙해 보여도 속마음은 슬기롭고 너그럽다.
· **누그럽다** : 마음씨가 따뜻하고 부드럽다.
· **돔바르다** : 조금도 인정이 없다. 꼼바르다. 쩨쩨하다.

으뜸은 여럿 가운데 가장 뛰어난 것을 말해요.

으뜸이라는 집에는

1등도 있고, 100점도 있고, 우승도 있고,

'첫째가다'도 있고, '내로라하다'도 있고,

아! 아쉽게 2등도 있고, 딱 3등도 있고,

꼴찌도 있고, 꼴찌에서 두 번째도 있고,

'뒤처지다'도 있고, '넘어지다'도 있고,

탈락도 있고, 쓴잔도 있고,

으뜸은 이 모든 것을 헤아릴 줄 알아야

훌륭한 으뜸이에요.

연관어

· **첫째가다** : 무엇보다 우선적으로 꼽히거나 으뜸이 되다.

· **내로라하다** : 어떤 분야를 대표할 만하다.

· **버금** : 으뜸의 바로 아래. 또는 그런 지위에 있는 사람이나 물건.

· **손꼽히다** : 많은 가운데 다섯 손가락 안에 들 만큼 뛰어나다고 여겨지다.

고드름똥 발등눈 눈구름 고추바람
한추위 아슴푸레 푸슬푸슬 그루잠 매옴하다
드레 갸록하다 겨우살이 한올지다 마음밭

겨울

고드름똥

고드름 모양으로 뾰족하게 눈 똥.
고드름처럼 차가운 똥을 눌 만큼 추운 상태.

골목이 꽁꽁 얼었다.
골목 끝 구멍 속에 사는 생쥐는
고드름똥 싸겠네.

토끼우리 속 당근이 꽁꽁 얼었다.
오들오들 토끼는
고드름똥 싸겠네.

학교 운동장이 꽁꽁 얼었다.
축구공 찾으러 간 우리 형.
고드름똥 싸겠네.

연관어

· **서리꽃** : 유리창 따위에 서린 김이 얼어서 꽃처럼 엉긴 무늬. 성에꽃.
· **눈얼음** : 내려서 쌓인 눈이 그대로 얼어붙은 얼음.
· **너테** : 여러 겹으로 얼어붙은 얼음. 덧얼음.
· **상고대** : 나무나 풀에 내려 눈처럼 된 서리.

아이가 눈 쌓인 길을 걸어갔어요.

발등눈이네!

아이는 눈 속에 발등까지 빠졌어요.

아이 뒤를 고양이가 따라갔어요.

무릎눈이네!

고양이는 눈 속에 무릎까지 빠졌어요.

고양이 뒤를 까치가 따라갔어요.

다리눈이네!

까치는 눈 속에 다리까지 빠졌어요.

까치 뒤를 참새가 따라갔어요.

아이쿠, 머리눈이네!

참새는 눈 속에 머리까지 다 빠졌어요.

연관어

· **도둑눈** : 밤사이에 사람들이 모르게 내린 눈.

· **풋눈** : 이른 겨울에 들어서 조금 내린 눈.

· **진눈깨비** : 비가 섞여 내리는 눈.

· **싸라기눈** : 빗방울이 갑자기 얼어서 떨어지는 쌀알 같은 눈. 싸락눈.

· **눈설거지** : 눈이 오려고 하거나 올 때, 눈에 맞으면 안 되는 물건을 치우거나 덮는 일.

눈구름

눈을 내리거나 머금은 구름.

내가 눈구름이라면.
태어나서 처음 눈을 보게 될 강아지.
그 강아지가 사는 개집 위에 떠 있을래요.

내가 눈구름이라면.
'첫눈 오면 고백해야지.'
매일 얼굴만 빨개지는 아이.
그 아이 머리 위에 떠 있을래요.

너도 눈구름이라면!
"우리 아프리카로 날아가 볼까?"
엉뚱한 친구와 떠 있을래요.

연관어

· **설밥** : 설날에 오는 눈을 밥에 빗대어 이르는 말.
· **눈꽃** : 나뭇가지 따위에 꽃이 핀 것처럼 얹힌 눈.
· **눈꽃바람** : 눈꽃을 날리며 부는 바람.

 고추바람

고추바람이 쌩쌩 불었다.

어제 만들어 놓은 눈사람이 걱정되었다.

살을 에는 듯한 고추바람.

눈사람이 떨고 있지 않을까?

나는 목도리를 가지고 눈사람에게 달려갔다.

아! 눈사람이 이미 목도리를 두르고 있다.

누가 목도리를 둘러 주었을까?

연관어

· **샛바람** : 동쪽에서 불어오는 바람. 동풍.
· **하늬바람** : 서쪽에서 불어오는 바람. 서풍. 가수알바람.
· **마파람** : 남쪽에서 불어오는 바람. 남풍.
· **된바람** : 북쪽에서 불어오는 바람. 북풍. 북새풍.
· **높새바람** : 동북풍. 봄부터 이른 여름까지 태백산맥을 넘어 불어오는 바람. 녹새풍.

한창 심한 추위.

추위. 추위. 한추위.

한겨울 밤 한추위.

아이는 눈썰매를 옆에 놓고 잔다.

눈만 쌓여 봐라. 눈만 쌓여 봐라.

아이는 꿈속에서 말한다.

동장군이 와 있다는데.

동장군은 겨울 장군이라는데.

그렇게 춥다는데.

나는 눈썰매 장군이다!

아무리 추워도 탄다.

눈만 쌓여 봐라. 눈만 쌓여 봐라.

연관어

- **된추위** : 아주 심한 추위. 강추위. 맹추위.
- **맵다** : 날씨가 매우 춥다. 맵차다.
- **득하다** : 날씨가 갑자기 추워지다.
- **푹하다** : 겨울 날씨가 퍽 따뜻하다.

아슴푸레

희미하고 흐릿한 모양.

봉어빵 한 봉지를 샀다.
아슴푸레 할아버지가 생각났다.
봉어빵을 좋아하신 할아버지.
나랑 가장 잘 놀아 주신 할아버지.
지금은 먼 곳에 가셔서 볼 수 없는 할아버지.
나는 집 앞에 할아버지 눈사람을 만들었다.
눈으로 봉어빵을 만들어서
눈사람 머리 위에 얹어 주었다.
눈 내리는 밤, 나는 아슴푸레 잠이 들었다.
방으로 살그머니 눈사람이 들어왔다.
머리에 봉어빵을 얹은 눈사람!
같이 놀까?

연관어

· **아슴아슴** : 정신이 흐릿하고 몽롱한 모양.
· **어렴풋이** : 기억이나 생각 따위가 뚜렷하지 않고 흐릿하게.
· **까마득히** : 시간이 오래되어 기억이 희미하게. '가마득히'보다 센 느낌.
· **뿌유스레하다** : 선명하지 않고 약간 부옇다. '부유스레하다'보다 센 느낌.

겨울 • 115

눈이 푸슬푸슬 내린다.

어제는 부슬부슬 내렸는데.

엊그제는 보슬보슬 내렸는데.

오늘 기분은 푸슬푸슬해.

어제 기분은 부슬부슬했는데.

엊그제 기분은 보슬보슬했지.

그러니까 네 기분이 어떻다는 거야?

새로 친구가 된 아이가 물었다.

아리송해 죽겠다는 얼굴로.

연 관 어

· **부슬부슬** : 눈이나 비가 조용히 성기게 내리는 모양. '푸슬푸슬'보다 약하고 '보슬보슬'보다
  센 느낌.
· **소록소록** : 눈이나 비 따위가 곱게 내리는 모양.
· **소복소복** : 쌓이거나 담긴 물건이 볼록하게 많은 모양.
· **성기다** : 물건의 사이가 뜨다. 또는 반복되는 횟수가 뜨다.

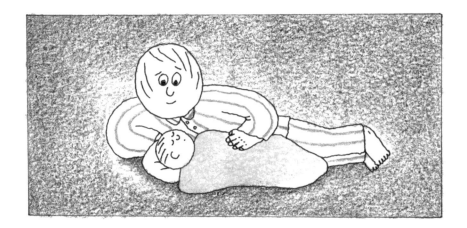

깨었다가 다시 든 잠.

겨울잠 자는 곰은
자다가 한 번쯤 깨어나지 않을까?
새끼가 걱정되어 깨어나지 않을까?
깨었다가 다시 드는 잠, 그루잠.
곰의 그루잠.

겨울잠 자는 다람쥐도
자다가 한 번쯤 깨어나지 않을까?
모아 놓은 도토리가 걱정되어 깨어나지 않을까?
깨었다가 다시 드는 잠, 그루잠.
다람쥐의 그루잠.

연관어

· **노루잠** : 깊이 들지 못하고 자꾸 놀라 깨는 잠.
· **새우잠** : 새우처럼 등을 구부리고 자는 잠.
· **말뚝잠** : 꼿꼿이 앉은 채로 자는 잠.
· **겉잠** : 깊이 들지 않은 잠. 선잠. 수잠.

매옴하다

혀가 조금 알알할 정도로 맵다.

. . . .

겨울바람 쌩쌩 부는 운동장에서 둘이 싸웠어요.

해미와 진미.

서로에게 마음 아픈 말을 한 방씩 날렸어요.

손도 얼고 발도 얼고 마음도 꽁꽁 얼었어요.

운동장 나서는데 떡볶이집이 눈에 들어왔어요.

저거나 먹고 가자.

해미와 진미는 떡볶이집으로 갔어요.

아유, 매옴해!

'매옴해서 미안해.'

떡볶이가 말을 하는 것 같았어요.

떡볶이를 먹자 손이 녹았어요.

발도 녹았어요.

마음도 사르르 녹았어요.

연관어 . . . .

· **알알하다** : 매운맛으로 혀가 아리다.
· **알큰하다** : 매워서 입안이 조금 알알하다. '알근하다'보다 거센 느낌.
· **맵싸하다** : 맵고 싸하다.
· **알근달근하다** : 매우면서도 달짝지근하다.

드레

점잖은 무게.

새해 첫날. 우리 가족은 할아버지 댁에 떡국 먹으러 갔어요. 친척들과 사촌 동생들이 왔어요. 어린 동생들 앞에서 나는 드레 있게 행동하기로 했어요. 동생들은 뛰어다니며 방정을 떨고, 뒤설레를 치고 앙탈도 부렸어요. 나는 드레 있게 가만히 있었어요. 새해 밥상에 떡국과 떡과 떡갈비가 놓였어요. 동생들이 호들갑스럽게 달려들어 먹기 시작했어요. 나는 드레 잡고 천천히 밥상으로 다가갔어요. 앗! 떡갈비가 다 사라졌어요. 으아! 나는 분해서 발을 쿵쿵 굴렀어요. 밥상이 흔들렸어요. 에구, 떡갈비에 날아간 나의 드레!

연관어

- **방정** : 몹시 가볍고 점잖지 못하게 까부는 말이나 행동.
- **뒤설레** : 서두르며 수선스럽게 구는 일.
- **앙탈** : 생떼를 쓰고 고집을 부리거나 불평을 늘어놓는 짓.
- **마구발방** : 생각 없이 함부로 하는 말이나 행동.
- **발만스럽다** : 두려워하거나 조심하는 태도가 없이 꽤 버릇없다.

갸륵하다

착하고 장하다.

눈설레가 짓궂은 날.

한 할머니가 수레를 끌며 걸어갔어요.

오르막길에서 수레가 기우뚱했어요.

한 아이가 달려와 수레를 밀었어요.

또 한 아이가 달려와 수레를 밀었어요.

눈보라가 세차게 몰아쳤는데

아이들은 수레를 밀며

씨엉씨엉 걸어갔어요.

어기차게 걸어갔어요.

갸륵한 아이들이 걸어갔어요.

연관어

· **눈설레** : 눈이 내리면서 차가운 바람이 몰아치는 현상.
· **눈보라** : 바람에 휘몰아쳐 날리는 눈.
· **씨엉씨엉** : 걸음걸이나 행동 따위가 기운차고 활기 있는 모양.
· **어기차다** : 한번 마음먹은 뜻을 굽히지 않고, 매우 굳세다.

겨울살이

겨울 동안 먹고 입고 지낼
먹을거리나 옷가지 등. 또는 겨울을 남.

봄살이, 여름살이, 가을살이.

그 다음은 겨울살이.

왜 '겨울살이'가 아니고 '겨우살이'일까?

정음이는 그게 궁금했어요.

누가 'ㄹ'을 까먹었을까?

누가 'ㄹ'을 떼어 갔을까?

알아봤더니 두 말은 같은 뜻이래요.

그런데 '겨우살이'가 사람들에게 더 많이 쓰여서 표준어가 되었대요.

'ㄹ'을 누가 까먹은 것도 떼어 간 것도 아니었어요.

정음이는 주변에서 쓰는 새말들을 생각했어요.

그 말들을 쓰기 전에 뜻과 느낌을 꼼꼼히 따져 보기로 했어요.

많은 사람들이 쓰면 표준어가 된다니까요.

우리말을 소중히 지켜야 하니까요.

연관어

· **겨울나기** : 겨울을 남.
· **겨울것** : 겨울철에 입는 옷이나 쓰는 물건 등을 통틀어 이르는 말.
· **웃바람** : 겨울에, 방 안의 천장이나 벽 사이로 스며들어 오는 찬 기운.
· **핫옷** : 안에 솜을 두어 만든 옷. 솜옷. '핫바지'는 솜바지이다.
· **새말** : 새로 생긴 말. 신조어.

한 가닥의 실처럼
매우 가깝고 친밀하다.

사람과 사람은
보이지 않는 한 올의 실로 연결되어 있을 거야.

하늘초등학교 진이와 하늘피자집 박 아저씨.
둘은 한올진 사이.
눈이 펑펑 오는 날.
둘은 담요 들고 만난다.
주머니와 가방엔 사료가 듬뿍 들어 있다.
둘은 눈을 마주치며 생각한다.
우리 동네 길고양이들은 우리가 지킨다!

· **끈끈하다** : 관계가 매우 친밀하다.
· **도탑다** : 서로의 관계에 사랑이나 인정이 많고 깊다. 두텁다.
· **서먹서먹하다** : 낯설거나 친하지 않아 어색하다.
· **서름서름하다** : 사이가 자연스럽지 못하고 매우 서먹하다.

마음의 바탕. 마음자리.

마음에도 밭이 있대요.

말 씨앗을 심는 밭이래요.

이 밭에서는

예쁜 말 심은 데 예쁜 마음 나고

미운 말 심은 데 미운 마음 난대요.

아름답고 순수한 우리말을 심어 볼까요?

아름다운 마음, 순수한 마음

쑥쑥 자라는 마음밭을 가져요.

마음에도 밭이 있대요.

가꿀수록 환해지는 밭이 있대요.

연관어

· **마음보** : 마음을 쓰는 속 바탕.
· **마음씀씀이** : 마음을 쓰는 태도. 마음씨. 마음새.
· **마음눈** : 사물을 살펴 분별하는 능력.
· **참마음** : 거짓 없는 진실한 마음.

봄 여름 가을 겨울
사계절 우리말 사전

초판 1쇄 발행 2024년 11월 28일

지은이 신소영
그린이 소복이
감　수 우리말가르침이

펴낸이 김남전
편집장 유다형 | 편집 김아영 | 디자인 양란희
마케팅 정상원 한웅 정용민 김건우 | 경영관리 임종열 김경미

펴낸곳 ㈜가나문화콘텐츠 | 출판 등록 2002년 2월 15일 제10-2308호
주소 경기도 고양시 덕양구 호원길 3-2
전화 02-717-5494(편집부) 02-332-7755(관리부) | 팩스 02-324-9944
홈페이지 ganapub.com | 포스트 post.naver.com/ganapub1
페이스북 facebook.com/ganapub1 | 인스타그램 instagram.com/ganapub1

ISBN 979-11-6809-148-1 (73810)

KC
• 제조자명 : (주)가나문화콘텐츠
• 주소 및 전화번호 : 경기도 고양시 덕양구 호원길 3-2 / 02-717-5494
• 제조연월 : 2024년 11월 28일
• 제조국명 : 대한민국
• 사용연령 : 4세 이상 어린이 제품